CUENTOS DE FANTASMAS PARA NIÑOS

Cuentos de fantasmas para niños te pone en contacto con el tenebroso mundo de los fantasmas, tal como es hoy en día: las mansiones embrujadas han cedido su lugar a los departamentos; los fantasmas gustan de usar computadoras, navegan en Internet y miran sus programas favoritos por televisión; algunos hasta habitan en ciertos videojuegos poco conocidos.

Seguro que desde este momento puedes sentir cómo se te pone la carne de gallina, ¿no es así? Además del miedo y la diversión, puedes coleccionar las fabulosas estampas impresas en la solapa de este libro, mismas en que aparecen los personajes de tu nueva colección: CON LOS PELOS DE PUNTA.

Marcia Jáuregui

CUENTOS DE FANTASMAS PARA NIÑOS

SELECTOR
actualidad editorial

SELECTOR
actualidad editorial

Doctor Erazo 120   **Tels.**   588 72 72
Colonia Doctores   **Fax:**   761 57 16
México 06720, D. F.

CUENTOS DE FANTASMAS PARA NIÑOS

Diseño de portada: Eduardo Chávez
Ilustración de interiores: Eduardo Chávez

Copyright © 1998, Selector S.A. de C.V.
Derechos de edición reservados para el mundo

ISBN: 970-643-089-X

Novena reimpresión. Abril de 2001

CONTENIDO

Unos fantasmas muy decentes

Papá fantasma, mamá fantasma e hijo fantasmita, estaban sentados alrededor de la mesa del comedor. Parecían muy nerviosos y preocupados por un asunto de vital importancia: ¿quiénes serían los nuevos humanos que llegarían a

vivir en su amada casa? Desde que
esta familia de fantasmas vivía en este
lugar (hace más de 90 años), muchas
personas habían ido y venido sin problemas. Ellos, los humanos, se dedi-
caban a lo suyo y dejaban en paz a
los fantasmas. Es más, muchos ni siquiera habían sospechado que había
fantasmas en su casa. De no ser por un
pianista que tocaba lo mismo por el
día que a medianoche, casi todos
habían sido vecinos tranquilos y agra-
dables. Pero esa historia es harina de
otro costal. Desde que el vendedor
había dejado entrar a los que ponían
alfombras nuevas, ellos supieron que
venía un cambio brusco en su vida
diaria. ¿Cuántos serían? Mientras
menos, mejor. Nada más latoso para
los fantasmas que estar siendo atra-
vesados constantemente por huma-

nos que no se fijan por donde cami-
nan. Se conformarían con tres... hasta cuatro serían soportables.

—¡Ay!— se lamentaba mamá fantasma—; espero que por lo menos
sean personas decentes...

—Y que no anden husmeando en
los closets, el sótano y el ático durante el día—interrumpió papá fantasma, porque ellos pasaban la mayor
parte del día durmiendo en esos lugares hasta que llegaba la noche.

El hijo de la familia, un fantasmita
muy bien portado, se entretenía di-
bujando bolitas y palitos sobre la su-
perficie empolvada de la mesa.
Pensaba en lo bueno que sería ver la
tele que de seguro traería la familia,
pues hace ya dos años que no miraba
sus programas favoritos. ¡Tenía tan-

tas ganas de ver el futbol en compañía de su papá! De los tres miembros de la familia, él era el único que esperaba con impaciencia la llegada de los nuevos vecinos. No tuvo que esperar mucho, pues apenas terminaba de imaginar un tirazo de García Aspe cuando escuchó el ruido de un motor que se acercaba. Luego, los frenos rechinaron y el motor se apagó. Corrieron a asomarse por la ventana de la sala.

Un camión de mudanzas estaba estacionado frente al jardín. Atrás, un coche azul llegaba tocando el claxon como loco.

—Vaya, qué modales —dijo mamá fantasma. Nada más falta que quieran que vayamos a abrirles la puerta.

—Esto no me huele nada bien— murmuró el papá estirando el cuello para ver mejor.

Desde el interior del coche, llegó una voz de mujer que decía: "¡Por favor Pepito, deja de hacer escándalo!" En cuanto la mujer terminó de hablar, se volvió a escuchar la bocina tocando más que antes. "¡Chamaco este... si sigues así te voy a castigar sin ver la televisión durante un mes!" Esta vez la voz era de hombre y, al oírla, el pobre fantasmita hijo sintió un nudo en el estómago con sólo pensar que podría pasarse otro mes sin ver el futbol.

—A mí tampoco me huele bien, papá— dijo el fantasmita tomando a su papá de la mano.

Una de las portezuelas se abrió y salió un niño vestido de piel roja, con una espada de plástico en una mano y un rifle de diábolos en la otra. Apenas bajó del coche, apuntó con el rifle a la puerta principal y disparó, dando sin problemas en la antigua campana que los visitantes tocaban para hacer notar su llegada.

—¡Pepito, deja mi rifle en paz! —gritó el papá muy enojado, pero el niño no le hacía caso. Lo miró y se puso a dar alaridos de indio bailando una danza bastante ridícula. El hombre le quitó el rifle y siguió regañándolo muy serio.

—Hey, silencio. Ya vienen hacia la puerta con los cargadores —advirtió papá fantasma.

—Qué lata. Podría asegurarte que se acabó la tranquilidad —dijo mamá fantasma muy molesta.

La puerta se abrió con un fuerte rechinido. Primero entraron los hombres de la mudanza, con sus gorras y overoles azules. Después, entró una mujer, seguramente la señora de la casa, muy sonriente y animada.

—Es la casa más bonita que he visto. Con una pintadita aquí y dos o tres detalles que arreglemos en la sala, quedará preciosa— dijo recorriendo con la mirada el primer piso. ¡Pepito, Pepito! Ven aquí para que conozcas tu nueva casa.

Antes de que Pepito hiciera caso del llamado de su madre, se escuchó que un vidrio se rompía. El papá de

Pepito acababa de entrar y se llevó las manos a la cabeza.

—¿Qué habrá hecho ahora? ¿Será que nunca podrá estar quieto?

—Tranquilo —dijo la mamá—; es un buen niño, aunque un poco travieso. Es por la edad.

Muy cerca de ahí, papá fantasma intentaba tranquilizar a su mujer:

"Si se porta muy mal, ya le daremos una lección."

Mientras tanto, el fantasmita se asomaba a la puerta buscando una caja que dijera televisión o algo por el estilo. No encontró lo que buscaba, pero sí vio un hermoso balón profesional de futbol, de los mejores. Salió un momento y la luz del sol lo molestó bastante, pero no pudo resistirse a darle aunque fuera una patadita. Volvió a la casa rápidamente para que sus papás no lo regañaran.

—¿Viste eso? —preguntó el papá humano a la mamá humana.

—¿Qué cosa?

—Juraría que ese balón se movió solo... Bueno, olvídalo. Vamos a recorrer la parte de arriba. A partir de hoy seremos más felices que nunca.

Y sí, efectivamente, los Juárez (así se apellidaba la familia) parecían muy felices. Los que no estaban tan felices eran los pobres fantasmas. Desde aquel día, su vida era un constante problema para los tres. Con el papá humano casi no habían tenido problemas, a no ser por su costumbre de bajar a la cocina a medianoche para prepararse un sandwich y por su afición a la carpintería, pues había puesto sus herramientas y mesa de trabajo en el sótano, lugar favorito de papá fantasma. Por su parte, la señora Juárez era bastante buena y respetuosa de los espacios que más usaban los fantasmas, excepto por lo mucho que llenaba los armarios de la casa, dejando apenas espacio para que los fantasmas tuvieran una vida "decente", como decía la mamá fantasma a cada rato. Pero Pepito... ¡Vaya si Pepito era un problema!

Según se habían enterado, estaba de vacaciones en la escuela, de manera que lo tenían en casa prácticamente todo el día. Para empezar, se levantaba muy temprano, antes de que los fantasmas se fueran a dormir, lo cual molestaba mucho a papá fan-

tasma, ya que tenía que apagar la televisión antes de tiempo sin terminar de ver su noticiero favorito.
Luego se ponía a tocar la batería, muy
mal por cierto, aporreando los plati-
llos hasta que sus padres bajaban
corriendo a pedirle que por favor pa-
rara, que iba a despertar a todos los
vecinos y demás. Entonces Pepito
dejaba de tocar la batería y prendía
el estéreo a todo volumen; luego en-
cendía la televisión para jugar con su
consola de video hasta la hora de de-
sayunar. El resto de la mañana la pasaba abriendo y cerrando las puertas
de los armarios, botando el balón por
todos lados como si no pudiera sepa-
rarse de él, por los pasillos de duela,
en el sótano, en fin. Una vez se le
ocurrió abrir las llaves del agua en el
sótano y el pobre de papá fantasma

se despertó todo mojado. Ah, y también rompía vidrios muy seguido (he de decirte que los fantasmas no soportan el ruido de los vidrios que se rompen), por más que su mamá le pedía que no jugara con la pelota dentro de la casa. En el ático, que era el sitio de la casa donde mamá fantasma gustaba de ponerse a bordar y donde guardaba los más preciados recuerdos familiares, Pepito había iniciado su colección de bichos, compuesta por toda clase de ranas, hormigas, cucarachas y gusanos que encontraba en el jardín. Apenas tomaba su aguja de bordar mamá fantasma, los asquerosos bichos se subían por la silla y la atravesaban sin respeto alguno. Fantasmín era el que menos mal la pasaba con Pepito. Él era un niño fantasma muy bien por-

tado, pero Pepito era mala influencia. Desde la llegada del humanito, se negaba a comer lo mismo que había comido siempre; quería todo con mucha catsup y se comía el postre antes del resto; jugaba juegos de video casi toda la noche y presumía de ser mejor que su maestro Pepito. Para colmo, una noche papá fantasma lo descubrió vestido de apache y bailando como si le hubiera dado un ataque. Eso sí colmó la paciencia de sus padres. Tenían que remediar esa situación.

Pasaron varias noches discutiendo sobre cuál sería la mejor manera para darle una lección al diablillo de Pepito. El papá quería poner en práctica las viejas costumbres de sus antepasados que, aunque ya estaban pasadas de moda, seguían siendo muy efectivas para hacer que los humanos se fueran de las casas o, al menos, para lograr que se portaran mejor: proponía hacer ruidos tenebrosos por las noches, arrastrar cadenas, aullar, tirar cuadros, lámparas, jalar las sábanas por la noche y, en fin, todo lo que los humanos odiaban de las casas con fantasmas. A diferencia de papá, mamá proponía métodos más modernos y pacíficos, un sistema propio de las personas decentes y bien educadas: quería que la familia completa se presentara con la señora Juárez, quien era muy buena mujer; seguro que entendería y entre todos podrían hablar las cosas hasta encontrar una solución. Si la señora no era lo suficientemente juiciosa como para entender la gravedad del problema, mamá fantasma proponía de plano un cambio de casa, procurando encontrar una abandonada que no fuera a ser habitada por muchos años. Por supuesto, a papá fantasma no le agradaba la idea de dejar su casa. Si alguien debía irse, ese alguien era Pepito, y con él su familia entera. Ellos, los fantasmas, habían llegado primero y tenían derecho a hacer lo que quisieran con el lugar. No se ponían de acuerdo. El asunto se solucionó con un volado que ganó papá fantasma. Primero pondrían en práctica su plan; si fallaba, harían lo que mamá fantasma aconsejaba.

Papá fantasma pasó varias horas practicando para hacerse visible. Hace muchísimo tiempo que no trataba de aparecérsele a alguien, así que estaba fuera de forma. Poco a poco logró producir un brillo cada vez más horripilante; al mismo tiempo, se quejaba con voz muy grave: "Aaaaaaaaay, uuuuuuuuuy". Cuando se sintió seguro, subió desde el sótano hasta la recámara de Pepito. Ya vería ese niño que no le quedarían ganas de portarse mal. Abrió la puerta muy despacito, sin hacer el menor ruido y, una vez estando dentro, cerró la puerta de nuevo para que los señores Juárez no oyeran los gemidos. Ahora venía la parte más difícil: no sólo tenía que hacerse visible, sino que convenía que se materializara tantito para asustar más. Después de hacerlo, avanzó más o menos un metro y ¡Cuassss! De pronto un escandalazo. Montones de ollas le cayeron en la cabeza. Pepito prendió la luz y empezó a reírse.

—Caíste en la trampa, papá; ¿te gusta mi invento anti-intrusos?

—Noooo soy tu papáaaaaa— dijo papá fantasma sobándose todavía el porrazo que le dieran las ollas, medio atontado por el golpe.

—Entonces eres un ladrón o un fantasma— respondió Pepito muy seguro de sí mismo mientras trataba de prender la lámpara de su buró.

—Sí, bueno... no un ladrón, no, nada de eso... lo de fantasma, pues sí...—dijo dudoso papá fantasma antes de que Pepito encendiera la luz.

—¡Ja, ja! ¡Tienes cabeza de espagueti! —exclamó Pepito al ver la forma de la cabeza del fantasma gracias a la salsa del espagueti que contenía una de las ollas—; ¡Ahora vamos a **ponerle quesito!**

Se paró de la cama, tomó un bote con talco y espolvoreó al fantasma que ni hablar podía de tanto talco que le caía por la cara. Sintió ganas de estornudar y... "¡Aaaaaaachú!" El estornudo se escuchó por toda la casa. Como papá fantasma apenas se estaba acostumbrando a materializarse, no calculó que la fuerza del estornudo le haría volar hasta estamparse contra el juguetero. Una bolsa de canicas se abrió y todas le cayeron encima. Para rematar, el bate de beisbol le cayó sobre el pie derecho. Avergonzado, papá fantasma salió apurado del cuarto de Pepito, oliendo a aceite de oliva, tomate y talco. Unos segundos más tarde llegaron los papás:

—Pepito: ¿estás bien, hijo?

—Sí mamá.

La señora Juárez enmudeció al ver todo el cuarto revuelto y el piso lleno de espagueti y cacerolas.

—¿Qué pasó aquí? —preguntó incrédulo el señor Juárez.

—No mucho papá: vino a visitarme un amiguito.

—Ay, Pepe, por Dios; ahora me vas a salir con que tienes amigos imaginarios— se lamentó el señor Juárez.

—Pues casi— respondió Pepito pensativo, con una sonrisa traviesa en los labios, feliz de encontrar una nueva diversión. "Es buena gente el fantasma ese."

Pobre familia de fantasmas. Desde el día siguiente no pudieron pegar el ojo. Quien sabe cómo se enteró Pepito de que a los fantasmas no les gusta el olor a ajo, pero no tardó en tomar de la alacena un frasco de ajo en polvo para irlo a echar en los lugares más propicios para encontrar fantasmas. Fue al sótano, a los armarios, al ático, detrás de las cortinas. Además del ajo en polvo, llevaba una lata de pintura en aerosol que había encontrado en el sótano donde su papá realizaba trabajos de carpintería. Si veía alguna sombra o sospechaba que el fantasma estaba cerca, echaba pintura verde al aire para asegurarse. La familia fantasmal corría sin parar de un lugar a otro, lo que no era fácil para el papá, pues todavía le dolía el pie después del batazo recibido la noche anterior. Mamá fantasma estaba enojadísima. Culpaba de todo a su marido diciendo que su madre ya le había advertido que no tendría una vida tranquila si se casaba con papá fantasma. Fantasmita corría también del ajo, pero estaba más divertido que enojado. En un momento de calma pasajera se puso a pensar en qué bromas podía hacerle a Pepito y su familia, pero mamá fantasma, al verle la mirada traviesa en los ojos, le dijo que se cuidara de andar haciendo travesuras, pues ella no le iba a permitir convertirse en un niño problema.

El plan de papá fantasma había fallado. Tocaba el turno a la propuesta de mamá, es decir, el diálogo entre personas y fantasmas decentes. El problema era que difícilmente el señor Juárez daría crédito a sus ojos si de pronto se le materializaran para quejarse de su hijo. Es más: podrían apostar a que se desmayaría o saldría dando de gritos como loco. "Con qué facilidad pierden la compostura estos humanos", pensó la señora fantasma. Por otra parte, la señora Juárez daba la impresión de ser tranquila e inteligente. Mamá fantasma confiaba en que su plan saldría mejor si las cosas quedaban entre mujeres. Además, la señora Juárez le caía bien por resignarse a soportar las travesuras del insufrible Pepito. Acordaron que al día siguiente, por la mañana, cuando el papá humano se hubiera marchado al trabajo y Pepito estuviera ocupado persiguiendo fantasmas por toda la casa, mamá fantasma se aparecería tratando de no asustar a la señora Juárez para hablar de mujer a mujer y poner un hasta aquí al asunto.

Eran las nueve de la mañana. El señor Juárez había salido a trabajar desde las ocho y media. Pepito llevaba ya una hora persiguiendo fantasmas (o sombras más bien) por toda la casa, desde el ático hasta el techo, con su bote de pintura y el polvo de ajo que la mamá humana acababa de reponer la tarde anterior. La señora Juárez estaba desesperada tratando de quitar el olor a ajo ya no en toda la casa, sino al menos en el recibidor. Ya había intentado hacerlo con desodorante, incienso, perfume y cuanta cosa tenía a la mano. Nada funcionaba. Se sentó a descansar un momento y, en ese momento, vio una figura que se delineaba claramente en el aire.

—Señora Juárez, por favor no se espante—dijo mamá fantasma.

—¿Quién me habla? —preguntó alarmada la señora mirando a su alrededor en busca de la persona que había hablado.

—Usted no me conoce; déjeme presentarme.

La señora Juárez estaba pálida; quería gritar pero se le había ido la voz. Veía a la figura más claramente que antes.

—No se crea que soy una desvergonzada que viene a molestarla. No. Nada de eso, señora Juárez. Yo soy una fantasma decente que necesita hablar con usted de mujer a mujer.

—¿Ddddde... mujer a mu-mu-jer?

Así empezó la entrevista. La señora Juárez por fin había logrado tartamudear un par de palabras y la señora fantasma ya se había presentado correctamente, como lo hace la gente de buena cuna. Desde el segundo piso, papá fantasma gozaba de un respiro y trataba de aprovechar el descanso que Pepito le daba para enterarse de cómo iban las cosas abajo. No había oído gritar a la señora Juárez y eso ya era un avance importante. ¿Tendría razón su mujer? "Bah", pensó; "será que tiene suerte". Entonces vio que Pepito volvía a la carga y de nuevo tuvo que huir tomando de la mano a Fantasmín.

Un rato más tarde, Pepito, cansado de tanto corretear, se había quedado dormido en su cuarto. Papá fantasma se limpió el sudor antes de bajar la escalera para ver el desenlace de la reunión. Estando ya cerca de la escalera escuchó risas y... música... música a volumen bajo, no como el estruendo de las mañanas. Vaya; qué extraño. Bajó algunos escalones más. Su esposa, completamente materializada, escuchaba atentamente lo que la señora Juárez le contaba:

—No sabe usted, señora, lo que es tener que lidiar con este niño. Por más que trato de meterlo en cintura, sigue igual. Su padre se lo pide por las buenas y no logra nada. Tampoco funcionan los castigos. Ya no sabemos qué hacer—la señora Juárez tomó un sorbo de su taza de café. ¿Segura que no quiere una tacita?

—No comemos ni bebemos nada, pero se lo agradezco de todos modos.

—Qué pena con ustedes. No teníamos ni idea de que existieran, y menos de que fueran importunados por nuestro Pepito —dijo la señora humana francamente apenada.

—Y lo peor es que Fantasmín, nuestro hijo, ya está copiando las travesuras del suyo.

—¿Tiene un hijo? ¿De qué edad?

—Un poco más grande que Pepito...

—Perdone la curiosidad, pero, ¿sabe materializarse Fantasmín?— preguntó interesada la señora Juárez.

—Sí. Lo hace pocas veces, siempre y cuando haya un balón de por medio. No puede resistir la tentación de patearlos. Le encanta el futbol... qué horror—exclamó la señora fantasma haciendo cara de fuchi después de mencionar la palabra futbol.

—¿Futbol? ¿Alguien dijo futbol? — el que preguntaba esto era Pepito, quien ya había repuesto sus energías con sólo unos minutos de sueño. Tenía el balón en las manos.

Cuando le explicaron las quejas de los fantasmas y, sobre todo, que también había un fantasmita de su edad que gustaba del futbol, se puso muy contento. Pedía que se lo presentaran de inmediato, así que la mamá fantasma optó por llamar a su querubín. Quien no tardó en venir en cuanto escuchó la palabra "futbol".

—¿En verdad puedo salir a jugar con la pelota al jardín?—preguntó Fantasmín sin poderlo creer.

—Claro, mi amor. Nada más cuida que no te vean los vecinos. Ya sabes cómo son estos humanos. Hacen escándalo por cualquier cosa (sin ofender, señora Juárez.

Esa tarde, todos los habitantes de la casa disfrutaron de paz y tranquilidad. Pepito y Fantasmín jugaban en el jardín sin parar. Reían felices mientras sus mamás veían las telenovelas de la tarde. Papá fantasma dormía tranquilo en el sótano.

Nada le dijeron al señor Juárez porque, según la opinión de su esposa, se desmayaría del susto. Eso sí. Bien raro se le hizo al papá de Pepito notar que ya no daba tanta lata. "Se me hace que el futbol lo cansa", pensó al poner en la videograbadora una buena película de... adivinaron, mis pequeños lectores... de fantasmas.

NUESTRO AMIGO BARTOLOMEO

Toño y Eddy caminaban muy quitados de la pena cerca de los columpios de la unidad habitacional, cuando una piedra pasó rozando la cabeza de uno de ellos. Se miraron extrañados, pues nunca habían tenido problemas con nadie de

la unidad, mucho menos con los niños peleoneros. Toño empezaba a
decir algo cuando una segunda piedra
lo golpeó en la pierna. Voltearon para
averiguar de dónde venían los obje-
tos y se dieron cuenta de que los arbustos cercanos a la tiendita de doña
Sofía se movían bastante, como si
alguien tratara de esconderse ahí con
poco éxito.

—¿Qué hacemos?—preguntó Eddy
preocupado.

—Vamos a ver quién es. Tu ve por
ese lado y yo por este— respondió
Eddy comenzando a caminar sigilosamente hacia la izquierda.

Toño hubiera preferido darse la
vuelta para seguir su camino olvidan-
do lo sucedido; no le gustaba meter-
se en líos con nadie, pero tenía miedo

de que Eddy lo fuera a llamar gallina si se negaba a buscar al culpable de tirarles piedritas. Siguió las instrucciones y se fue por la derecha hacia los arbustos. Al acercarse, vio una cosa extraña de color blanco que se movía mucho. Del otro lado, Eddy también miraba lo mismo con cara de sorpresa. De pronto, la cosa blanca dejó de moverse y ellos escucharon una voz que decía aliviada:

—¡Qué bueno que vinieron! Si no me hubieran hecho caso habrían pisado ese peligroso cable de electricidad que está ahí tirado. Por suerte logré detenerlos.

Toño se acercó un poco más y vio que la cosa blanca era un simple trapo. Tomó un alambre que encontró a un paso y con él tocó el trapo. Sí, era un trapo y nada más.

—Por favor, niños, olvídense del trapo. Lo usé para que me vieran y no se fueran sin saber qué había pasado.

—¿Dónde estás? Toño, ¿ves a alguien o me estoy volviendo loco?

—Aquí no hay más que un trapo. Ah, ya sé, seguro está detrás del árbol—dijo Toño señalando un árbol cercano.

—No pierdan su tiempo. Yo no tengo un cuerpo que ustedes puedan ver...

En cuanto la voz dijo esto, Eddy, el que supuestamente era muy valiente se echó a correr hacia los columpios, pero tropezó y cayó en un charco. Toño no podía moverse del miedo. Había perdido el color y sólo miraba el trapo incrédulo. Eddy se levantó hecho un asco y la voz empezó a reír. Cuando Toño lo miró, tampoco pudo evitar la risa, pues Eddy tenía pegada al rostro una envoltura de dulce y ni siquiera se había dado cuenta. Al ver que su mejor amigo se burlaba, Eddy se puso a llorar:

—Buuu... mi mamá me va a matar: ésta ropa era nueva.

—Nadie te va a hacer nada—dijo la voz—, de eso me encargo yo.

Después de esas palabras, la ropa de Eddy volvió a estar limpia, como si nada hubiera pasado. El pobre de Toño sentía tanto miedo que se hizo pipí en los pantalones. Al notarlo, Eddy fue ahora el que comenzó a reírse.

—¡Nadie debe burlarse de un amigo! —exclamó la voz en un tono me-

nos amigable que antes—. ¿Si fueran mis amigos se burlarían de mí?

—¿Quién eres? —preguntó Eddy acercándose lentamente al trapo.

—Me llamo Bartolomeo. La casa en que habitaba estaba justo aquí, antes de que construyeran el multifamiliar, por supuesto. Me agrada el lugar, así que de día recorro las áreas de juego vigilando que no haya accidentes graves. De noche me meto a la tienda de doña Sofía sin que nadie lo note.

—¿Entonces eres un fantasma de verdad? —preguntó Toño con la voz temblorosa dejando de mirar el trapo y buscando con los ojos algo en el aire.

—Mira Toño: cuando hable con ustedes prometo ponerme el trapo en la cabeza para que sepan hacia donde mirar.

El trapo se levantó del suelo y luego se quedó flotando a la altura de la cabeza de un adulto.

—Y ya que preguntabas —continuó Bartolomeo—, sí, soy un fantasma de verdad. Voy a secarte esos pantalones para que no te vayas a enfermar.

La vergonzosa mancha desapareció de los pantalones de mezclilla de Toño, lo cual no pareció agradar mucho a Eddy, quien dijo:

—Qué aguafiestas. Lo hubieras dejado así.

—¡Nunca te burles de tus amigos!

—No. Prometo no volver a hacerlo, pero no te enojes— dijo Eddy preocupado por el tono severo de la voz.

—Yo no me enojo con mis amigos. ¿Quieren ustedes ser mis amigos, para que así nos ayudemos los tres?

—Por mí no hay problema —dijo Toño metiendo las manos a la bolsa, como hacía siempre que estaba confundido.

—Por mí tampoco —dijo Eddy.

—Bien. Así está mejor —dijo la voz—; ahora por favor avisen a la administración para que quiten ese peligroso cable antes de que alguien sufra un accidente. Me tengo que ir, amigos, pero los veré a las seis de la tarde en el subibaja descompuesto. Tengo planes y necesito su ayuda.

—¿Planes para qué?

—Ya lo sabrán. A las seis, no lo olviden.

El trapo cayó al suelo. Eddy y Toño se miraron sorprendidos y, sin ponerse de acuerdo, marcharon en dirección a la oficina de administración para cumplir con el encargo del fantasma. No cruzaron palabra en todo el camino.

Como a las cinco de la tarde, después de comer con su familia, Eddy fue al departamento de Toño. Tocó la puerta y Toño le abrió al poco tiempo. Eddy iba a decir algo, pero Toño le hizo una seña para que guardara silencio.

—Ven, vamos a mi cuarto. No quiero que nadie se entere de lo que nos pasó. Dirían que estamos locos.

—¿Puedo tomar una manzana?— dijo Eddy al ver el frutero encima de la mesa del antecomedor.

—Agarra lo que quieras Eddy. No sé cómo puedes pensar en manzanas en este momento.

Ya estando en el cuarto, los dos amigos discutieron sobre el suceso de las piedritas. Estaban seguros de que Bartolomeo no era malo ni nada por el estilo, pues los había salvado del cable aquel. Además, el tener un amigo fantasma los hacía sentir importantes y especiales. Entre los tres podrían hacer muchas cosas interesantes en la escuela o en las áreas comunes del multi. Se imaginaban que Bartolomeo los ayudaría a hacer sus tareas o a hacer un poquito de trampa en los exámenes para no es-

tudiar tanto. Algo les decía que el fantasma no estaría de acuerdo con sus planes, pero bueno, nada perdían con intentar.

Faltaban diez minutos para las seis cuando salieron de casa de Toño y se dirigieron al área de juegos de inmediato. A las seis de la tarde en punto, una bolsa blanca llegó flotando cerca del subibaja descompuesto.

—¡Buenas tardes! No encontré el trapo, pero esta bolsa servirá igual. Veo que son puntuales y eso me gusta mucho.

—Hola Bartolomeo —dijo Toño.

—Hola —dijo a su vez Eddy.

—Amigos: los he citado aquí porque necesito su ayuda.

—Uy, y nosotros que pensábamos que tú nos ayudarías.

—Claro que los voy a ayudar si me piden cosas buenas. Pero ahora escuchen: hace ya muchos años que vivo aquí como les conté en la mañana, pero ya es tiempo de que siga mi camino a otras dimensiones. Si no lo hago iré perdiendo toda mi fuerza hasta desaparecer; digamos que así se mueren los fantasmas como yo, simplemente desaparecen si no pueden seguir su viaje en el momento oportuno.

—¿Y por qué no te vas?

—¿Me estás corriendo, Eddy? —preguntó irónico Bartolomeo.

—No, sólo pregunto...

—Te responderé. No me voy porque aquí, justo aquí, enterré una medallita que no puedo dejar. Era de mi madre y me daría vergüenza encontrármela en la otra dimensión sin haberla desenterrado...

—¿Te puedes llevar esas cosas a la otra dimensión? —interrumpió Toño.

—No dije que me la fuera a llevar; dije que quería desenterrarla por motivos personales.

—¿Y por qué no la desenterraste antes? —cuestionó ahora Eddy.

—Tengo mis razones. Para ser mis amigos fieles hacen demasiadas preguntas. ¿No confían en mí?

—Sí —respondieron los dos al mismo tiempo.

—Okey. Ya no me interrumpan por favor. Si me hacen favor de desenterrarla, les aseguro que no se arrepentirán...

—¿Nos ayudarás a pasar los exámenes de la escuela? —preguntó ansioso Eddy.

—No los ayudaré a hacer nada que a la larga los perjudique. Prometiste no interrumpir Eddy.

Eddy se disculpó mirando al suelo. A la hora de la hora sintió pena por haber pedido algo tramposo como una ayudadita en los exámenes. Lo bueno es que el fantasma lo había puesto en su lugar sin ser muy severo.

—Hay dos problemas. El primero consiste en que tengo mala memoria y no me acuerdo bien en dónde la enterré. Creo que fue cerca de este árbol— la bolsa se acercó a un laurel grande— o de este otro—ahora la bolsa de plástico voló hasta colocarse cerca de un pirul muy bonito. Habrá que excavar bastante. El segundo problema consiste en que la medalla sólo puede desenterrarse de noche. En caso contrario desaparecería al contacto con la luz del sol.

A Eddy no le hizo gracia andar por ahí excavando de noche. Pensaba en la regañada que le iba a dar su mamá si lo cachaba saliendo del departamento cuando ya estaba oscuro. Aparte de todo, era muy difícil que hicieran una excavación en la áreas comunes del multifamiliar sin que alguno de los vigilantes se percataran de ello. Cuando le hizo saber sus preocupaciones al fantasma Bartolomeo, éste le dijo que no se preocupara: él mantendría a raya a los vigilantes con algunas artimañas de que disponía. En cuanto a su mamá,

pues era cosa de salirse sin hacer nada de ruido.

A Toño no le preocupaban los guardias ni su madre (su mamá dormía profundamente y daba trabajo despertarla todas las mañanas). Él pensaba ya en cómo conseguir las palas, al menos una lámpara de mano, una sierra (para partir raíces si era necesario, etcétera. Era el práctico de los dos, mientras que Eddy era el que pensaba en los posibles problemas. Los dos formaban una pareja formidable, pues se complementaban y así deben ser los amigos. Bartolomeo los felicitó por ser precavidos y les informó que doña Sofía tenía una pala pequeña y una serrucho debajo del mostrador de la tienda. Nunca los usaba, pero tampoco se decidía a tirarlos. El fantasma pensaba que ningún mal harían si tomaban prestadas esas cosas por un ratito cada noche; sus dos amiguitos estuvieron de acuerdo. Al día siguiente comenzarían la labor.

Ninguno de los dos preguntó cuál sería la recompensa que les daría Bartolomeo a cambio. Ya se les había olvidado, porque eran buenos niños que valoraban la amistad y ayudaban a los demás desinteresadamente (el asunto de la ayudada en los exámenes había quedado atrás). Así debemos ser todos. Continuemos con la historia.

A la noche siguiente, Eddy esperó hasta que se durmiera su familia. Salió sigilosamente y por fin llegó al subibaja descompuesto. Toño y Bartolomeo ya lo esperaban impacientes.

Tenían la pala, el serrucho y una lamparita que Toño había encontrado en su casa. El fantasma, que por cierto esa noche sólo había podido encontrar una bolsa de cemento para hacerse notar, estaba ya listo para distraer a los vigilantes con voces, ruidos, piedritas y demás recursos. Con facilidad podría mantenerlos ocupados varias horas.

Excavaron durante unas dos horas sin descubrir el sitio en donde Bartolomeo había enterrado la cajita (la medalla estaba en una caja de metal) años atrás. Estaban bastante cansados. Les dolían las manos, pero no se quejaron ni tantito. Su humor era excelente. Rieron mucho al escuchar los gritos de los vigilantes. Hasta vieron que uno pasaba corriendo hacia la caseta de vigilancia, tan de prisa que no volteó en dirección al área de juegos. A cada ratito, Bartolomeo regresaba preguntando si ya habían encontrado algo.

—Ya te diremos cuando la encontremos; no estés preguntando a cada rato — dijo Eddy muy serio.

—Bueno Eddy, ya no preguntaré tan seguido.

Los tres amigos trabajaron una hora más y, al no encontrar nada, se fueron a descansar. Al día siguiente era sábado, así que pudieron dormir hasta más tarde, cosa que extrañó a sus mamás, pues tanto Eddy como Toño eran bastante madrugadores. Por la noche, volvieron a salir sin que nadie se diera cuenta y continuaron trabajando afanosamente. Bartolomeo mantenía a raya a los vigilantes.

Los pobres se negaban a caminar por la zona. Ya habían hecho varios hoyos en el laurel, así que decidieron excavar alrededor del tronco del pirul. La tierra estaba menos dura en este sitio, así que tardaban menos en abrirla con las herramientas de doña Sofía, quien ni cuenta se daba de la falta de sus herramientas.

Toño pensaba en una buena hamburguesa con queso cuando la pala golpeó algo duro que sonó como metal. Eddy se acercó y encendieron la lámpara (trabajaban con la luz de la luna, que era bastante clara esa noche). Ahí estaba la famosa cajita de Bartolomeo. Llamaron al fantasma y éste regresó pronto a la zona de excavaciones. Emocionado, pidió que abrieran la caja. Ahí estaba la medallita con el nombre de su madre

grabada en el anverso (Romina, se llamaba la mamá). Toño y Eddy escucharon los sollozos ahogados del fantasma y hasta se les escapó también una lágrima por la emoción. De pronto, dejaron de escuchar los sollozos.

—¿Bartolomeo? —dijo Toño.

—¿Estás aquí? —dijo Eddy.

El fantasma respondió con una voz más lejana que de costumbre:

—Todavía estoy aquí, mis buenos amigos. Nunca olvidaré lo que han hecho por mí. Ahora estoy listo. Me voy. Sólo les pido que devuelvan las herramientas a doña Sofía. Los quiero mucho.

No volvieron a escuchar la voz de Bartolomeo. Estaban confundidos por la última instrucción del fantasma. Doña Sofía era muy buena gente, pero de seguro pensaría que los dos niños eran unos ladrones si llegaban con sus cosas como si nada. No se pusieron de acuerdo sobre qué debían hacer esa noche. Al día siguiente, después de ir a misa cada quien por su lado, se reunieron junto a los bebederos. Toño tenía las herramientas debajo de su cama y temía que su mamá las encontrara en cualquier momento. Eddy creía que bastaba con dejar las cosas afuera de la miscelánea por la noche, pero Toño le recordó que el fantasma había dicho "entregar" a doña Sofía, no "dejar" fuera de la tienda. Se armaron de valor.

Doña Sofía tejía una bufanda en su silla mecedora cuando los dos niños

se presentaron muy apenados ante
ella. Le explicaron a grandes rasgos
que habían utilizado su herramienta
para ayudar a un amigo que lo necesitaba. La señora no se sorprendió.
Al contrario:

—Yo soy su amiga, niños. No nece-
sitan andarse con misterios. Sé muy
bien que ayudaron a Bartolomeo. Lo
conozco desde mucho antes que ustedes nacieran. Hace poco que me
pidió lo mismo que a ustedes dos,
pero mis manos reumáticas me im-
pidieron ayudarlo como era debido.
¿A poco se creyeron el cuento del cable? El cable ese ni estaba conectado.

Toño y Eddy tenían la boca abier-
ta. Al principio se sintieron tristes por
saber que el fantasma los había en-
gañado. "Los amigos no se engañan",

pensaban. Eddy creía que sólo los había utilizado para lograr sus fines personales. Ah, pero eso sí: a la hora de hacer favores en los exámenes de la escuela se ponía muy quisquilloso. Ahí sí que no se podía hacer ni una poquita de trampa

—Pues bueno, doña Sofía: ahí le dejamos las herramientas que nos prestó. La verdad es que no entiendo por qué usted no nos pidió desenterrar la medalla sin que supiéramos todo el asunto de Bartolomeo. Hubiera sido más fácil —dijo Toño.

—Porque así ni ustedes, niños, ni el fantasma se hubieran hecho amigos. Nada se compara con la amistad genuina.

—¡Genuina! ¡Bah! —exclamó molesto Eddy.

—Ya vámonos Eddy —dijo Toño—, te invito a jugar con las maquinitas de la farmacia.

—Vamos...

Los niños ya se retiraban cuando escucharon la voz de doña Sofía que les pedía un minuto más.

—Para demostrarles lo equivocados que están sobre las intenciones de Bartolomeo, les voy a entregar lo que desde hace dos días el me dictó para ustedes.

Doña Sofía les entregó un papel que decía:

"Queridos Toño y Eddy:

"Todavía no encontramos nada, pero me da lo mismo. Su amistad ha sido lo más importan-

te para mí. *Sus deseos de ayudar me han hecho sentir un fantasma querido. En agradecimiento, les dejo estos seis números. No dejen de comprar el miércoles un boleto de Melate cada uno de ustedes. El premio se dividirá entre dos y nada le faltará nunca ni a su familia ni a ustedes. Sobre todo, sé que siendo como son nunca les faltará un amigo, el tesoro más importante. Los quiere.*

Bartolomeo"

El miércoles siguiente compraron sus respectivos boletos. Ustedes se imaginarán lo que sucedió.

EL ENCARGADO

Beto había sido un niño de lo más normal, es decir, un niño que, entre semana, se levantaba temprano para ir a la escuela, estudiaba, jugaba en el recreo, volvía a estudiar y luego regresaba a su casa para comer, hacer la tarea y jugar un rato por las tardes. Igual que tú, a veces deseaba que los progra-

mas de la televisión fueran más emo-
cionantes o que, por lo menos, no los
repitieran tan seguido. Como casi todos los niños, gustaba del futbol ameri-
cano, el beisbol y el futbol soccer, y
cuando alguno de estos deportes llegaba a las finales, él tomaba su equipo y corría al parque de la esquina
después de los partidos para entrar-
le a las cascaritas con sus amigos de
la cuadra. En fin, los días pasaban y,
cuando más, a lo mejor Beto llegaba
a ganarse una regañada leve si man-
chaba demasiado su ropa al barrerse
para quitarle el balón a los contra-
rios. Siempre hacía la tarea después
de comer y sus calificaciones eran
buenas, aunque no se le acercaba ni
tantito a Juan, el niño más matado
del salón. Y precisamente Juan fue
el causante de que todo cambiara.

Un jueves por la mañana, después de que Beto y sus compañeros de clase habían estudiado la tabla del 4 hasta aprendérsela de memoria, la maestra pidió a Beto que fuera a la tienda de la escuela y le comprara un refresco de manzana. Cuando Beto puso un pie fuera del salón de clases, sonó la campana y el resto de los niños de su salón salió rapidísimo para aprovechar todo el recreo. El caso es que, cuando Beto volvió con el refresco y salió al patio, ya se habían formado los equipos que jugaban fut con una pelotita de goma (las pelotas grandes estaban prohibidas por la directora). ¡Qué lástima! Con las ganas que tenía de ganarle un partidito a los del tercero C (se creían la gran cosa), pero ni modo: Beto tuvo que conformarse con ver como el equipo de su salón ganaba el partido sin su ayuda. Se sentó en una banca pintada de color verde que estaba en la sombra y entonces, cuando ya se estaba aburriendo de mirar, llegó Juan, el "cerebrito" del salón. A diferencia de la mayoría de los "cerebritos", Juan era muy simpático, no usaba lentes, ni acusaba a los demás con los maestros. No. Juan no era de esos. A él le gustaba participar en los juegos con el resto de la palomilla, pero siempre quería mandar: le gustaba ser el que escogía a los demás para hacer equipos, ganarle a todos en los campeonatos de fuercitas que el profesor de deportes organizaba, y ser el abanderado de la escuela en los festivales importantes. Se molestaba cuando alguien se atrevía a platicar con Jimena, la niña más bonita del

salón. Aunque Jimena ni caso le hacía, Juan insistía en que algún día
sería su novia y nadie más tenía derecho a hablarle.

—¡Lero lero! La maestra te man-
dó a traerle un refresco y ya no ju-
gaste—, dijo Juan canturreando.

—Ya, deja de molestar. Además, tú
tampoco estás jugando.

—Bueno, pero yo porque no quiero. Quiero leer mi revista de juegos.
Es la más nueva.

Hasta ese momento se dio cuenta
Beto de que Juan tenía una revista
sobre las piernas. Con sólo ver la portada, se le antojó mirarla. Uno de los
monstruos de las caricaturas de la
tarde era ya personaje de juego de
computadora, ¡y precisamente su fa-

vorito, Marsala! Según le platicó Juan, Marsala tenía que liberar a sus compañeros de los calabozos subterráneos de un planeta lejano y peligroso. Para lograrlo, debía superar varias pruebas, descifrar enigmas y vencer a los guardias enemigos. Las gráficas estaban impresionantes y, por si fuera poco, el juego podía jugarse usando el guante especial que apenas había salido en la Navidad pasada. ¡Qué ganas le entraron a Beto de comprar el cartucho, hacer la tarea rapidito y pasarse el resto de la tarde jugando! Si pudiera convencer a mamá de que se lo comprara...

—¿Ya lo tienes?—preguntó Beto.

—Claro que sí. Mi papá me lo compró ayer.

Vaya pregunta tonta que había hecho Beto. A Juan le compraban todo lo que quería porque iba bien en la escuela y se portaba bastante bien en su casa. Bastaba con que pidiera algo para que se lo dieran luego luego. Lo bueno era que, como no tenía hermanos, siempre invitaba a los del salón para que jugaran en su casa.

—Por favor, Juan, invítame a jugar, ¿sí? Si me invitas te regalo cinco estampas de Ranma... las que quieras.

—Ay Beto —dijo Juan haciéndose el muy grande—, Marsala no vale mucho la pena. Te voy a prestar otro que sí es bueno. Está mucho más padre que este, pero tienes que prometerme algo.

—¿Cuál? ¿Cómo se llama?

—No comas ansias.

Juan era insoportable cuando se ponía a hablar como adulto, pero por un buen videojuego Beto era capaz de soportar eso y más.

—Debes prometerme que no lo jugarás durante más de dos horas.

—¿Por qué?

—Si me sigues haciendo preguntas no te presto nada...

—Bueno. Lo prometo.

Se puso de acuerdo con Juan, que de buena gana aceptó las estampas ofrecidas y, después de pedirle a Beto que no olvidara su promesa, se cambió de banca para leer su revista en paz.

No crean que a Beto no se le hizo raro que Juan, con todo y lo buena gente que era, llegara así nada más para prestarle un juego, pero nada tenía que perder aceptando el ofrecimiento. Si no le gustaba el cartucho, pues se lo devolvía el lunes y ya. Además, las estampas que le daría a cambio las tenía todas repetidas. Parecía un negocio redondo. Aunque no debemos olvidar que las cosas no siempre son lo que parecen... hay que tener cuidado y tener mucho ojo, como dicen en la tele.

Al día siguiente Beto llegó temprano para esperar a Juan en el patio. Cuando estaba a punto de sonar la campana para irse a formar y luego subir al salón, Beto vio que Juan entraba a la escuela con una bolsita negra. En lugar de apurarse para llegar a la primera clase, Juan le hizo una seña para que se acercara. "Sígueme", le dijo sin explicar nada más, hasta que se detuvo detrás de la oficina del prefecto.

—¿Estás seguro de que el prefecto no ha llegado? —preguntó Juan muy nervioso.

—Sí, estuve esperándote en el patio y no lo vi llegar.

—Está bien. Mira Beto: este cartucho que traigo aquí es algo raro. Me lo dio un señor en la compra de otro bastante caro y, la verdad, la cosa no me olió bien desde el primer momento. Es el mejor juego que he jugado en mi vida, pero cuesta trabajo dejarlo. Te pido que nunca, pero nunca jamás lo juegues por más de dos horas como me prometiste ayer.

—Qué, ¿si lo juego más de dos horas se autodestruirá?

—No, Beto, estoy hablando en serio. Lo digo por tu bien.

—Sí, claro. A verlo... —dijo Beto estirando el cuello para mirar la bolsa que Juan ocultaba tras la espalda.

—Métulo a la mochila y no lo saques hasta llegar a tu casa.

—Prometido, señor misterioso.

Y Beto cumplió su promesa sin problemas. Al principio sintió curiosidad, pero a la hora del recreo recordó que no había hecho una tarea de ciencias sociales, así que se pasó el tiempo haciendo sus cosas sin que el juego le volviera a la mente hasta casi la hora de la salida.

Su mamá lo estaba esperando en el coche. Antes de saludarla, Beto le platicó que tenía un juego nuevo.

—¿Puedo jugar después de terminar toda mi tarea?

—Ya sabes que no me gusta que te pases las horas con los juegos de video. ¿Sabes que en Japón unos niños se enfermaron por jugar demasiado?

—Sí, pero eso es distinto... yo he jugado y no me pasa nada. Ándale ma. Si me dejas te prometo que lavo los platos después de comer y mañana baño a Rolo— Rolo era el perro de la familia.

—Está bien, pero no le subas mucho al volumen porque tu hermanita se pone a llorar.

Como era de esperarse, Beto comió rápido, lavó los platos sin rezongar y, después de secarlos y guardarlos en su lugar, salió como de

rayo para hacer la tarea de matemáticas (unos problemas) lo más pronto posible. La verdad es que su mamá
no tenía queja: era un buen hijo, así
que nada de malo veía en que, de vez
en cuando, como hasta ahora, él jugara un poco con la consola. "Nada
con exceso", decía su mamá. Y qué
razón tenía.

El cartucho no tenía etiqueta ni
nombre. Al ponerlo en la consola de
juegos, sólo apareció un letrero que
decía. "Has llegado al reino de las
sombras. Tú eres el héroe que puede
derrotar a los espíritus malignos con
una conducta intachable. Eres el último Caballero de la Luz." Luego aparecían el típico castillo siniestro con
su foso lleno de cocodrilos y un por-
tón que sólo bajaría si se descubría
la clave secreta que, como de costum-

bre, estaba colocada bajo una piedra cercana. Beto apuntó la clave (uno nunca sabe cuando se la volverán a pedir) y pasó al interior. De pronto, algo hizo que a Beto se le pusieran los pelos de punta: Una voz tenebrosa lo saludo diciendo claritito "Bienvenido sea usted, Caballero Alberto", en español. "¿Cómo supo mi nombre?", preguntó Beto como si hablara con un ser de carne y hueso. Nadie respondió. Sólo tuvo que tomar las armas (una espada, una daga corta y una bola de hierro con picos) que vio cerca y entonces una mano huesuda flotaba y prendía dos velas. Había un pasillo largo lleno de retratos de personas de otras épocas. "Típico", pensó Beto.

—Aquí nada es típico, Caballero Alberto.

Beto se quedó boquiabierto. O Juan había programado algo para que el juego le hablara así, o de plano había que aceptar que nunca había jugado con nada parecido.

—¿Quién es usted, diga su nombre?—preguntó Beto haciéndose el valiente.

—Soy El Encargado.

—¿El encargado de qué?

—El encargado de que nunca salgas de este castillo y juegues por siempre. Es cuestión de tiempo... algo de tiempo...

Beto sintió ganas de apagar la tele y mostrarle al Encargado que era suficiente con apagar el aparato para "salir" del supuesto castillo, pero era absurdo terminar el juego antes de haber comenzado siquiera. Pensándolo bien, era absurdo tratar de hablar con El Encargado. ¡La voz esa no era más que un programa electrónico! Vaya tonterías que se le ocurrían. Decidió olvidarse de todas las cosas raras y pensar en que se trataba de un juego más, algo extraño, es cierto, pero un juego al fin y al cabo.

—¿Listo para continuar, Caballero Alberto? —dijo El Encargado, o la voz ésa, o lo que fuera.

Ya era demasiado. Beto no era un niño miedoso ni mucho menos, pero creo que cualquiera se asustaría con algo así. Pensó que lo mejor era apagar la consola y poner su cartucho de beisbol de las grandes ligas para echarse un buen partidito de *play offs*. La consola no se apagaba.

—No es posible salir sin empezar el juego, Caballero Alberto.

Ahora sí que estaba nervioso. Le empezaron a temblar las manos y, a pesar de que tenía ganas de salir corriendo, sus piernas estaban como dormidas. Entonces volvió a pensar en apagar la tele. Se acercó y accionó el interruptor. Nada. La mano que volaba por el sombrío pasillo seguía apuntándole. El Encargado habló de nuevo:

—Entiéndalo, Caballero Alberto. No podrá salir del castillo sin jugar. Una vez comenzado el juego, podrá salir si lo desea, pero debe saber una cosa: como ya le advirtió el Gran Caballero Juan, no debe jugar por más de dos horas seguidas, pues entonces pasará mucho tiempo antes de que logre salir al mundo de la luz del que usted proviene. El reto, el juego principal, no consiste en divertirse, sino en saber detenerse a tiempo. Buena suerte, Caballero Alberto. Sólo los mejores juegan este juego, y usted es uno de ellos.

Se escuchó una risa burlona que hizo eco en todo el cuarto. ¿El cuarto? ¿La risa del juego hacía eco en el cuarto de Beto? Pues así era. Cuando Beto se dio la vuelta para mirar a su alrededor, se dio cuenta de que las paredes de su cuarto eran ahora fría roca. La puerta, o lo que había sido puerta hasta unos minutos antes, se había transformado en el pasillo de los cuadros extraños. Al mirar hacia la ventana, pudo ver un enorme cristal y, detrás de ese cristal, estaba su cama vacía, con los cuadernos utilizados para la tarea recién terminada y el control del videojuego tirado sobre la alfombra. Beto tocó el cristal y gritó pidiendo ayuda. El Encargado habló de nuevo.

—Nadie puede ayudarle, Caballero; sea prudente y sepa detenerse a tiempo. Yo, El Encargado, seré su guía. Debemos apurarnos, el Caballero Juan lo espera en el salón del trono.

—¿P-p-pero quién es usted? ¿Por qué yo?

—Ya le he dicho mi nombre. Soy un espíritu muy viejo. Algunos me llaman fantasma, pero prefiero que me digan El Encargado.

Beto estuvo a punto de echarse a llorar.

—Usted, Caballero Alberto, quería emociones, ¿no es así? Ahora debe probar que es digno de ellas.

El pobre Beto se cubría el rostro. No quería saber ni de emociones, ni de fantasmas o encargados ni de nada. Pensaba en lo tranquilo que estaría si hubiera ido al parque acompañado por su madre. Empezó a llamar a su mamá. Esperaba que El Encargado dijera algo más, pero en cambio escuchó una voz conocida a sus espaldas.

—Beto... Beto, ven. No tenemos tiempo que perder. ¡Beto, hazme caso!

Sin duda, era la voz de Juan. Beto lo miró desconcertado. Vestía la misma ropa que usara aquella mañana en la escuela y, en general, lucía como si nada pasara.

—No temas. Sé que al principio da miedo, pero luego te acostumbras. Créeme que este juego es el mejor que existe. Lo difícil no es jugarlo, sino dejar de hacerlo a tiempo. No corres el menor peligro si sigues esta sencilla regla: no te quedes aquí después de las siete de la noche. Revisa que tu reloj esté bien.

—Sí, creo que está en hora. ¡Oye! Estaba bien hace un rato, pero ya no avanza.

—Eso es normal. Se echará a andar con el juego. Vamos. No temas.

Juan caminó por el pasillo de los retratos e indicó que Beto no debería observar ninguno hasta llegar al

final. Lo que sí notó fue que el segundero de su reloj comenzó a caminar justo en el mismo instante en que
daban el primer paso.

—El fantasma del encargado es
muy poderoso —dijo Juan siguiendo
adelante. Ahora es bueno y nos ayu-
dará a jugar bien, pero pasadas las
siete se convierte en un fantasma de
verdad malo.

—Y... ¿a qué vamos a jugar?—preguntó Beto con la voz toda temblorosa y sintiendo que se le doblaban
las piernas.

—Es muy sencillo: al tiro al blanco. Cada vez que aciertes, aparecerá
en la bolsa de tu pantalón una moneda de oro. Si sales antes de las siete,
las monedas desaparecerán. Si te

quedas y vives para contarlo, el oro será tuyo.

¿Oro? A Beto no se le antojaba gran cosa tener oro, ni mucho ni poco. Bueno, pensándolo bien, nada mal le caerían unos juguetitos y un par de manoplas nuevas y... y... y todas las cosas que normalmente se compraban y que su mamá no le compraba diciendo siempre que no tenía dinero.

—¡Detente!

Beto se quedó quietecito. Tenía miedo hasta de respirar muy fuerte.

—¡Oh, Encargado del Castillo! El Caballero Juan y el Caballero Alberto pedimos su ayuda para entrar al salón...

—Coooooncedidoooo—dijo la voz del fantasma encargado.

—Ya puedes ver— dijo Juan.

Beto levantó la cara y vio ¡un cuadro en que aparecía Jimena vestida al estilo antiguo! Lucía tan hermosa que Beto suspiró sin darse cuenta. A Juan no le hizo mucha gracia. Tocó el marco del cuadro y la pared se abrió. Esa era la entrada al gran salón del tiro infinito.

No podía ser cierto. Tenía que estar soñando. Por un momento pensó que sus ojos lo engañaban, pero al poco tiempo salió de su sorpresa para ver cada una de las maravillas que allí había. Optó por seguir de cerca a Juan, quien ya conocía de sobra el lugar. Primero pasaron junto a un hombre hecho con pequeños bloques de plástico que se hacía llamar el rey de los juguetes armables. Varios niños que Beto no había visto discutían sobre dónde poner unas piezas de color rojo, parados sobre una gran montaña hecha con bloques pequeños. Después, Juan tuvo que jalarlo para alejarlo de la sección de los coches y las autopistas, pues él no podía dejar de admirar las largas carreteras en que circulaban preciosos cochecitos veloces, mucho más veloces que cualquiera que hubiera visto antes. Luego, apareció una capa volando que les dijo "Por aquí", para salir después flotando por un pasillo largo.

—¿Qué es eso?—preguntó Beto.

—Es El Encargado.

Con que ése era el fantasma del juego. Así, visto con luz, daba menos miedo que al principio, cuando ha-

blaba en la oscura entrada del castillo. Lo siguieron hasta una puerta
enorme. Llegaron a la tierra del video y las emociones fuertes. La gale-
ría del tiro infinito era sólo una parte
pequeña del lugar. Muchos niños jugaban a cosas que Juan no había visto. Por ejemplo, se vestían con trajes
plateados llenos de cables y corrían
por todos lados tirando golpes. Otro
trataba de domar a un imponente ti-
gre de Bengala que, según supo gracias a Juan, era realidad virtual. Pero
nada se comparaba con lo que a él le
tocaba. El salón del tiro infinito co-
menzaba en un lugar aparentemente tranquilo en que se les daba un
arco, una armadura que no pesaba
mucho y muchas flechas luminosas.
Cuando El Encargado supo que estaban listos, les dijo: "Por aquí, Caba-

lleros". Subieron entonces a dos caballos, Juan a uno blanco y Beto a uno negro. Entre los dos debían acabar con los fantasmas del bosque negro sin que quedara uno solo, lanzando sus flechas luminosas con el arco especial.

—Oye, Juan, yo no sé usar un arco.

—No estés tan seguro. Inténtalo.

Beto tomó una de las flechas y apunto a una rama baja de un árbol cercano. Cuál sería su sorpresa al ver que daba sin problemas en la rama.

—No te creas mucho por eso. Lo difícil es darle a los fantasmas y los demonios mientras se mueven tratando de acabar con nosotros.

—¿Qué? ¿Demonios?

—Por cada espectro que mates aparecerá una moneda de oro en tu bolsillo. No trates de conservarlas. Cuando falten uno o dos minutos para las siete, grita que deseas salir de aquí para regresar otro día. Si no lo haces, El Encargado te impedirá salir y tendrás que arriesgar la vida para librarte de él.

—Parece fácil...

—Pues no lo es cuando ya estás jugando. Suerte.

De repente, justo cuando Juan había terminado de decir esto, desapareció. La hora de la verdad había llegado. Todo se oscureció. Su caballo trataba de echarse a correr, pero Beto tiraba de la rienda como un jinete experto. No se lo explicaba. Su papá lo había llevado a andar a caba-

llo en Chapultepec, pero de eso a ser un gran jinete había mucha diferencia. Sintió que unas hojas le rozaban la cara. Al rascarse se dio cuenta de que no eran hojas, sino gusanos que se le habían pegado al rostro. Se los quitó de inmediato y, cuando más asco sentía, vio una especie de luz roja que se acercaba rápidamente. Un diablo espantoso abría la boca con la intención de comérselo. Casi lo logra, de no ser por el oportuno movimiento del caballo que, asustado por el monstruo, relinchó para defenderse con las patas delanteras. "¡Rápido Rolo, contra él!" ¿Qué le pasaba? ¿Cómo era posible que no sintiera miedo? ¿Por qué le obedecía el caballo cuando lo llamaba con el mismo nombre de su perro? El caballo se echó a correr y Beto sacó una preciosa espada dorada que llevaba colgada del cinturón. El demonio rojo, al ver la espada, huyó flotando a gran velocidad, pero Beto no perdía ni un minuto. Tomó el arco, le puso una flecha luminosa y ¡fffffuiu!, la flecha voló hasta clavarse en el demonio, que desapareció con un grito espantoso. Pasado el grito, sonó la voz cavernosa del Encargado: "Bien Caballero Alberto. Aquí está su premio." Una moneda de oro voló hasta posarse en su mano. "Usted será el niño más rico del mundo si juega hasta el final. Ahora, enfrente a las libélulas." La risa del Encargado sonaba cada vez más cruel.

Un zumbido lo puso en alerta. Vio a dos libélulas gigantes que llevaban navajas en las patas y pasaban cerca de su cabeza. Con la espada se libró de la primera, pero la otra logró hacerle una cortada en el brazo. Qué extraño era todo. La cortada, así como aparecía, se quitaba. En unos pocos segundos, su brazo y la armadura que lo cubría habían quedado como si nada. Lanzó una flecha al segundo bicho y dio en el blanco como la primera vez. Otra moneda de oro.

"Bravo, Caballero Alberto", escuchó que decía una mujer. Al tratar de ver mejor, se dio cuenta de que ésa era la voz de Jimena. Ella estaba amarrada a un árbol y lucía preciosa. "Por favor sálvame".

Beto se acercó, bajó del caballo y corrió a cortar las cuerdas. Cuando la última cuerda cayó, vio que Jimena ya no estaba. En su lugar estaba El Encargado, que lo veía con ojos de fuego. "No permita que lo distraigan, Caballero."

El tiempo fue pasando y Beto ganaba cada vez más monedas de oro. Pronto podría comprarse su propio castillo, todos los juguetes que quisiera, las computadoras más rápidas y los juegos de video más increíbles que existieran en la tierra. Pensaba en el coche nuevo que le regalaría a su mamá; en la elegante cuna que compraría a su hermanita y en el regalo que escogería para la bella Jimena. Más y más monstruos caían. Él ya no era Beto; se había olvidado de que era un niño metido en un aprieto serio. Ya se creía el Caballero Alberto, siempre invencible y poderoso. Cuando pasó por un poblado perdido en medio del bosque, la gente salía a gritar "¡Viva el gran Caballero Alberto!" Hasta creyó ver a su maestra arrojando pétalos de flores a su paso. Más aventuras venían y más oro le llenaba ya los dos bolsillos. El brioso caballo obedecía hasta el más mínimo deseo del jinete. Tan presumido se había vuelto que pensaba con lástima en lo bueno que era él comparado con el pobre Juan, quien de seguro no le llegaba ni a los tobillos en lo que a puntería se refiere. ¡Qué bien le hubiera hecho olvidarse de tantas cosas inútiles para recordar las palabras de su mamá! "Nada con exceso".

Llegó junto a un río y decidió tomar un poco de agua. Se arrodilló y metió las manos para refrescarse también un poco la cara, pues el yelmo de la armadura daba mucho calor. Al meter las manos al agua vio su reloj de pulsera y recordó su promesa de no jugar más de dos horas seguidas. ¿Era esto un juego? ¿No era en realidad la vida que siempre había deseado? Nada más de pensar en volver a la escuela para repetir hasta el cansancio la tabla del 5, se le revolvía el estómago... Y tener que traerle refrescos a la maestra... y tener que bañar al perro o lavar los platos. Esta vida de aventuras era maravillosa, pero... ¡No! ¡Algo le había pasado al reloj! Seguía marcando las cinco de la tarde; por más que el segundero daba vueltas y vueltas, las otras dos manecillas no avanzaban. Pensaba en qué debía hacer cuando vio que a su derecha flotaba el fantasma de El Encargado. Sus ojos de fuego eran más amenazantes.

—¿Qué pasa, Caballero Alberto? ¿No desea usted riquezas y honores? Todavía hay muchas aventuras por delante. Vamos, no se detenga.

—Pero es que mi reloj se descompuso...

—¿Y para qué quiere un reloj viejo cuando puede comprar los más hermosos?—interrumpió El Encargado.

Beto no contestó. Dudaba. Cuando estaba a punto de emprender la siguiente aventura, escuchó que un caballo se acercaba corriendo a sus espaldas. Por la costumbre, tomó la espada de inmediato, pero se tranquilizó al ver que era Juan el que galopaba veloz.

—¡Beto, Beto! ¿Qué pasa contigo? ¡Falta menos de un minuto para las siete!

—¡Déjalo en paz! El Caballero Alberto tiene mucho que hacer en este mundo. La aventura apenas comienza.

—¡Rápido Beto! ¡No pierdas ni un segundo más!

Beto reaccionó. Inmediatamente gritó que deseaba salir de allí para volver otro día. Al escuchar esto, Juan gritó exactamente lo mismo. Ambos vieron cómo El Encargado se convertía en un dragón terrible que les gritaba "¡Cobardes!" entre llamaradas enormes. Las armaduras, la espada, el mazo y la daga desaparecieron. En un abrir y cerrar de ojos, se encontró otra vez frente a la televisión con el control de juego en las manos. Su reloj marcaba ya las siete en punto. En la pantalla del televisor había un letrero amarillo que decía: "Game

Over", con un dragón idéntico a El Encargado echando fuego una y otra vez. Nada había en sus bolsillos. Alguien tocó a la puerta de su cuarto.

—Beto, ¿por qué no me contestabas? Van tres veces que te pregunto si quieres unas palomitas.

—No te oí mamá.

—Ay Dios mío: estos juegos de video parecen transportarlos a otro mundo.

Beto sonrió. Apagó la tele y siguió a su mamá hasta la cocina con ganas de comer palomitas y de dibujar un rato con las crayolas de su hermana. No necesitaba más emociones por ese día.

El fantasma de la red

Javier era un niño que se pasaba sus ratos libres pegado a la que antes había sido la computadora de su papá. Desde hace dos años, él era el único que utilizaba la máquina, al principio para hacer la tarea, luego para jugar y más tarde para hacer casi cualquier cosa que no fuera dormir. Su mamá tenía que amenazar con desconectarle la máquina para que se fuera a la cama. Al día siguiente, apenas despertaba y, si no tenía que ir a clases, se iba corriendo a sentar frente a la pantalla.

¿Por qué le gustaba tanto? Internet era un mundo aparte. Ahí tenía amigos, jugaba, investigaba, aprendía y hasta compraba cuando su papá se lo permitía. Sobre todo, estaba en constante comunicación con personas de todo el mundo mediante mensajes de correo electrónico. A diario, le llegaban "cartas" electrónicas desde Islandia, Sudáfrica, Corea y varios otros sitios. Sus amigos eran personas muy parecidas a él que también gozaban mucho de los beneficios de Internet, pues intercambiaban información, se contaban chistes y, en fin, que eran como una extraña familia en la que cada miembro tenía un nombre clave. El nombre clave de Javier era Mexiboy. Así era conocido por los navegantes de la Red más experimentados del mundo.

Un día, por la tarde, recibió un correo electrónico de cierto amigo apodado Nonano. Nonano le decía en el correo que había descubierto algo muy interesante (e inexplicable) en ciertas páginas de la red. Si quería enterarse de qué era, debían verse en el "chat", es decir, en un club de Internet en que los socios podían "hablar" por medio de sus teclados. La cita era a las ocho de la noche. Puntualmente, Mexiboy (así le llamaremos a Javier de ahora en adelante) llegó al lugar de la cita. Su amigo

Nonano tardó un poco más en llegar al mismo sitio. Se saludaron con unas claves especiales para estar totalmente seguros de que eran las personas indicadas y entonces Nonano le habló de unas páginas en donde uno podía hacer cualquier pregunta y esta era respondida con impresionante exactitud. Por ejemplo, tres días antes, Nonano había preguntado cuál sería la temperatura exacta máxima que habría en su ciudad al día siguiente. Instantáneamente le respondieron que la máxima sería de 19.6 grados centígrados. Luego preguntó qué ropa estaba usando en ese momento y le respondieron que usaba unas bermudas de color azul, con un cinturón de tela y piel, una playera blanca con el logotipo del club de paracaidismo, y calcetas blancas con el resorte vencido y un agujero en la derecha, sin zapatos. Era impresionante. Él estaba vestido justamente así. Por si fuera poco, al día siguiente la temperatura registrada por el meteorológico del aeropuerto de Roma (ahí vivía Nonano), había sido de, exactamente 19.6 grados centígrados.

Mexiboy sintió mucha curiosidad. A pesar de que ya varias veces habían descubierto fraudes muy complicados en algunas páginas que cobraban por dar horóscopos, algo le decía que esto era diferente. Para empezar, el servicio de la página era gratuito. En segundo lugar, para poder entrar a la página, era necesario ser invitado por la persona que la dirigía. Nonano prometió pedir a la persona de la página que lo invitara. Si la invitación era aceptada, Mexiboy recibiría un correo electrónico que le daría la dirección electrónica y una clave exclusiva que le permitiría la entrada. Mexiboy y Nonano platicaron sobre otras cosas y al poco tiempo se despidieron.

Se desconectó de Internet y, en un dos por tres, volvió a ser Javier como si de magia se tratara. Salió del estudio y se fue a la cocina para platicarle a su mamá lo ocurrido. A su mamá le gustaba mucho que el niño fuera un experto en computadoras. Ella decía que algún día su hijo trabajaría en la NASA o algo así. Javier le contaba todo lo que le pasaba en la escuela y en la red. A nadie le tenía más confianza... bueno, a su papá también, pero como él trabajaba casi todo el día, pues hablaba más con su mamá. Después de darle de cenar, la señora comentó que se anduviera con cuidado en esas cosas. Javier le respondió que así lo haría y que, como siempre, la mantendría al tanto de lo ocurrido.

Ya estando en su cuarto, Javier pensó en el tipo de preguntas que le haría a quien respondiera en esa página electrónica. Decidió que preguntaría qué le sucedería, detalladamente, al día siguiente en que recibiera la autorización por correo electrónico. Contento con su decisión, se fue a dormir más temprano que lo normal.

Al día siguiente llegó de la escuela y corrió a la computadora para revisar su buzón de correo electrónico. Entre otros mensajes de sus amigos, encontró uno que decía: PRIVADO.

Javier lo abrió de inmediato y leyó lo siguiente:

"Solicitud recibida. Todo en orden. Esperar el siguiente comunicado.

Mister P."

El mensaje tenía una dirección como remitente. Javier se conectó a Internet y trató de entrar a la dirección especificada. Recibió una imagen en que un hombre de espaldas decía en español "¿Creíste que sería tan fácil?". Javier se sintió decepcionado y acudió al Chat para encontrarse con Nonano. Esperó durante más de dos horas, pero Nonano no llegó. Nada de raro tenía, pues no habían hecho cita. Además, nadie en el chat sabía de su amigo italiano. Aparentemente, no había enviado ningún mensaje a sus amigos cibernéticos.

Estaba a punto de desconectarse del club electrónico, cuando una campanita de su computadora le avisó que tenía un mensaje nuevo en su buzón. No tardó en recuperarlo y leer su contenido. ¡Era de Nonano! Al leerlo se le pasó la emoción:

"Por favor olvida la página de las preguntas. Ignora a Mister P.

Nonano."

De inmediato preguntó a los demás asistentes del chat si habían oído hablar de Mister P. Nadie sabía nada, lo cuál le dio mala espina a Mexiboy, sobre todo tomando en cuenta que casi todos ellos pasaban gran parte del día navegando en Internet. Cambió algunos archivos con Xanadu, de Singapore, y más tarde puso un mensaje para su tía Alejandra, de parte de su mamá. Decepcionado, decidió ir a hacer la tarea.

Ya en la noche, después de cenar, volvió Javier a convertirse en Mexiboy conectándose a Internet.   ¡Ahí estaba un mensaje con la misma palabra de la primera vez! PRIVADO, en puras mayúsculas. Mexiboy sintió que los pelos se le ponían de punta al leer el mensaje. Decía:

"Javier:

Se le niega la autorización para ir a la página descrita por Nonano. Sus preguntas se responderán por correo electrónico exclusivamente. Empecemos. Respuesta a la pregunta formulada la noche del 21 de mayo de 1997 por la noche: Mañana, 23 de mayo, usted despertará a las 06:32:18 de la ma-

ñana. No habrá agua caliente para su baño matutino. En lugar de bañarse de inmediato, desayunará jugo de zanahoria con betabel y un huevo duro. En la escuela, sus compañeros le saludarán en el siguiente orden..."

Así continuaba el mensaje detallando cada actividad que sucedería al día siguiente. Tantas preguntas se hacía Javier en ese momento... ¿Cómo sabrían su verdadero nombre si nunca se lo había revelado a nadie? Para eso se había inventado en apodo de Mexiboy. Peor aún: ¿cómo conocía Mister P., quién firmaba el mensaje, una pregunta que él sólo había pensado sin decírsela a nadie? Los detalles de la respuesta parecían conocer muchos pormenores de la vida diaria de Javier. El nombre de la escuela a la que asistía, sus mejores amigos, los juegos favoritos durante el recreo, las golosinas que solía consumir, las clases que tendría mañana y muchas otras cosas más. Sólo se le ocurrió mandar de inmediato un mensaje para Nonano. Seguro que él sabría algo.

Antes de apagar la computadora, imprimió el mensaje y se lo enseñó a su mamá. La señora se asustó un poco, pero pensaba que se trataba de la broma de algún conocido.

—Eso sí, Javier. Te prohibo que vayas a dar algún dato sobre nosotros. A nadie le vayas a dar la dirección, el teléfono o nada parecido.

—Claro que no, mamá.

Entonces sonó el teléfono y Javier fue a contestar. Al levantar la bocina, escuchó mucha interferencia y, en el fondo, una voz que decía: "Soy Mister P., Mexiboy. No preocupe más a su madre." Javier colgó.

—¿Quién era? —preguntó la señora.

—N-n-nadie mamá. Estaba equivo-cado.

Esa noche casi no durmió. Al día siguiente se quedó dormido en clase de matemáticas y la maestra lo sacó del salón, tal como Mister P. había predicho. Terminado el recreo, se le chorreó la tinta de una pluma y le manchó el pantalón, tal como Mister P. había asegurado. Para no hacer el cuento largo, todo lo que el tipo del correo electrónico había escrito, se convertía en realidad con certeza. Sentía mucho miedo, así que al ter-minar la jornada en la escuela, le contó todo a su madre, estupenda costumbre que todos los niños deben tener pues las mamás y papás siempre saben cómo ayudarlos. La señora le dijo que ella estaría presente para recibir los siguientes mensajes de correo electrónico. Aparentemente, la situación no era peligrosa, sino sólo sorprendente. Cuando su mamá dijo esto, Javier le contó sobre la llamada telefónica de la noche anterior. Entonces sí empezó a preocuparse. ¿Seguro que no le había dado datos personales a nadie? Claro que estaba seguro Javier. Estuvieron discutiendo y llegaron a un acuerdo: antes que nada debían contarle a papá todo lo sucedido y luego leerían los mensajes de correo electrónico juntos. Lo principal era esto: no imaginarían siquiera las preguntas que quisieran

hacerle al tal Mister P. Pero Javier falló. No pudo evitar pensar lo siguiente: "Quisiera saber quién es el tal Mister P." Esto sucedió mientras subía a dejar su mochila al cuarto. Se cambió y bajó a comer con sus papás.

El papá se preocupó más que mamá y propuso que cambiaran la dirección de correo electrónico de Javier. Javier aceptó y prometió hacerlo esa misma tarde. Cuando ya estaban comiendo el postre, Javier les confesó que no había podido evitar pensar la pregunta ya citada. Papá le dijo que no tenía la menor importancia, pero la mirada de su mamá le indicaba que ella no estaba de acuerdo.

Los tres entraron juntos al estudio. Javier se sentó frente a la computadora y la encendió. Sus papás miraban desde atrás con mucho interés. De inmediato se conectó a Internet y pidió que le mandaran sus mensajes de correo electrónico. No hubo nada de Mister P. ni de Nonano. Todo era normal. El único mensaje pendiente era la respuesta de la tía Alejandra sobre una receta para hacer mole de olla. El papá de Javier se dio la media vuelta con la intención de volver a la oficina.

—Se me hace que están exagerando las cosas. Si pasa algo, me llaman.

—Como digas, papá—respondió Javier un poco avergonzado.

La mamá acompañó al papá hasta la puerta, como siempre lo hacía. Al salir ellos, Javier notó que el título del mensaje de la tía Alejandra cambiaba de "Mole de Olla" a "PRIVADO".

—"¡Mammáaaa!—llamó de inmediato.

—Ya voy mi amor—respondió su madre.

Cuando la mamá entro al estudio, el mensaje volvió a cambiar a su primer título. Javier no creía lo que sus ojos veían. Ningún programa por él conocido era capaz de hacer algo semejante.

—¿Qué quieres? —preguntó su mamá.

—Nada importante —mintió Javier—; sólo quería saber qué quieres que haga con el mensaje de la tía.

—¿Para eso me llamaste?

—Ajá.

—Ponlo en mi folder personal. Luego lo leeré.

Tal como lo esperaba, al salir su madre del estudio, volvió a cambiar el mensaje. Lo leyó:

"Con que quieres saber quién soy, querido Mexiboy. Está bien. Te responderé. Soy el fantasma del futuro y sé absolutamente todo lo que sucederá. Mi hogar es la Red. Acéptame como amigo o seré tu enemigo. ¿Quieres una prueba de mi existencia? Tu madre te preguntará en diez segundos si te dejaron tarea."

Terminaba Javier de leer la línea cuando su mamá le hizo la pregunta mencionada desde el pasillo. Javier contestó que debía estudiar para un examen mensual de inglés. Por un momento se preocupó al recordar sus obligaciones escolares. "¿Qué vendría en el examen de mañana?" De pronto, Javier vio como las teclas de su computadora se presionaban solas muy lentamente. Poco a poco fueron aumentando su velocidad. En la pantalla aparecían los diez verbos que al día siguiente tendría que conjugar Javier para el examen.

"No tengas miedo, Mexiboy. ¿Ya ves que mi presencia puede ser conveniente? Y por último, he aquí la respuesta a lo que ahora piensas: no estás loco ni es tu imaginación. Hasta pronto, Mexiboy.

Mister P."

El mensaje volvió a convertirse en la receta del mole de olla. Javier se desconectó de Internet y apagó la computadora por el resto de la tarde. Por si las dudas, se aprendió de memoria los verbos que Mister P. había escrito. No está de más advertir que el pronóstico del fantasma de la red fue exacto. Javier sacó 10.

Muchos niños se hubieran sentido contentos de tener la asombrosa capacidad de conocer el futuro, pero Javier no se consideraba tan afortunado. Era un niño muy inteligente que se daba cuenta de las cosas malas que podían suceder. Sospechaba que las supuestas ventajas podrían convertirse en desventajas de un momento a otro. Por ejemplo: ¿qué sucedería cuando supiera todas las respuestas a sus preguntas? ¿Sería bueno enterarse de las cosas personales de los demás, de sus secretos? Sobre todo, le preocupaba no decirle la verdad a su madre como siempre lo hacía. Ella era su mejor amiga y tenía más experiencia que él. Ella sí le daría consejos valiosos. Dudó mucho sobre lo que debería hacer. Pensó una buena parte de la noche en cómo librarse de Mister P. Por instinto, evitó hacerse preguntas. Al principio le costó trabajo, pero luego se acostumbró. Se acordó de lo que su papá le había dicho siempre: "Nadie te quiere más que tus padres. Serán tus mejores amigos toda la vida. Cuéntales tus problemas." La decisión estaba tomada. Javier se levantó de la cama en la madrugada y despertó a su madre pidiéndole que fuera a su cuarto. La señora lo siguió y escuchó toda la parte de la historia que desconocía.

Desde el principio le creyó a su hijo, pues él no mentía. Pasaron un buen rato pensando qué hacer. A la señora no le gustaba en lo más mínimo eso de conocer todas las respuestas por adelantado. Era peligroso; mucho más peligroso de lo que podían imaginar. Ahora bien: si la cosa esa respondía todas las preguntas que Javier formulaba, a lo mejor también revelaba la manera de librarse de su presencia, siempre y cuando Javier se hiciera esa pregunta específica. Optaron por hacer la prueba. El niño se concentró en esa pregunta ("¿Cómo puedo hacer que me dejes en paz para siempre?") y fueron después al cuarto en que estaba la computadora para revisar el contenido de su buzón electrónico.

Obviamente, el truco de cambiar los mensajes para que su madre no los viera, estaba ya descartado. Mister P. parecía saberlo, ya que ahora no se valió de esa estrategia. Desde el principio vieron que el mensaje titulado PRIVADO estaba ahí. Dudaron un momento antes de leerlo, pero no había lugar para el miedo ya que estaban dispuestos a enfrentar el problema. Oh sorpresa: ¡El mensaje tenía el equivalente de más de mil páginas de extensión! Madre e hijo se miraron con pena, pues ahí estaba la prueba de que había caído en la tentación de hacerse muchas preguntas. Empezaron a leer y quedó claro que Javier había hecho varias preguntas relativas a las trampas escolares y que mamá se preguntaba sobre la vida de sus amigas y demás. Optaron por borrar el mensaje sin llegar a leer la parte indicada. Saber lo que piensan los demás también puede llegar a ser un problema. A través de las bocinas escucharon una risa horrible que les dio mucho miedo. Debían buscar otra solución.

—¿Se te ocurre algo geniecito?

—No mamá. Ya pensaremos en algo.

Esa tarde, Javier se quedó solo y no resistió la tentación de encender la computadora. Llevaba tanto tiempo usándola diariamente, que pasar un día sin hacerlo le resultaba casi imposible. Escribió su contraseña, esperó un poco y luego se conectó a

Internet. No tardó en escuchar la campanilla que anunciaba el correo. Con valentía, revisó el buzón y se sorprendió al ver que no había mensaje de Mister P. En cambio, se llenó de alegría al ver que entre los demás mensajes se encontraba uno que claramente decía Nonano. Lo abrió sin demora y leyó atento las siguientes palabras:

"*Mexiboy:*

"*Sé que Mister P. ya ha estado molestándote y créeme que entiendo como debes sentirte. Yo padecí sus poderes antes que tú y me creo culpable por haberle hablado de ti. Al principio creí que sería imposible librarme de él, pero la solución es muy sencilla: Nunca vuelvas a usar tu apodo de Internet. Olvida que eres Mexiboy y ponte cualquier* otro sobrenombre. Mister P. vive del exceso en que hemos caído al estar demasiado tiempo conectados en la Red. Él conoce y lee la mente de Mexiboy. Borra todos los archivos que digan esa palabra... TODOS sin falta. El fantasma llega hasta tu vida privada por medio de Mexiboy. Sin él no puede vivir. En realidad se trata de una creación nuestra que de pronto cobró una existencia independiente. Además de hacer esto, no pierdas tiempo y piensa constantemente la siguiente pregunta: '¿A qué hora desaparecerá mañana para siempre Mister P.? Recuerda que en la forma de preguntar se encuentra la mitad de la respuesta.

Te quiere tu amigo,

Nonano

P.D. Esta es la última vez que firmo como Nonano. Desde este momento me llamaré Mahoney. Te veré en el ciberespacio."

Javier destruyó todo lo que pudiera decir Mexiboy. De hecho, borró toda la información que había en el disco duro de la máquina. Ya tendría tiempo para reponer los datos perdidos, pero más valía terminar de una vez con esta desesperante situación.

Su madre llegó unas horas más tarde y escuchó complacida lo que Nonano le había escrito en su último correo electrónico. Varios días después restablecieron los archivos de su computadora e hicieron una prueba decisiva. Nada pasó. Todo era normal.

A partir de entonces, Javier se llamó de otro modo que ni a sus mejores amigos revela. Sobre todo, ya no se pasa la vida conectado en la Red. Lo bueno es que nunca ha perdido la costumbre de decir todo a sus padres, que son todavía sus mejores amigos. Ustedes, amigos, no duden en contar todos sus problemas a papá y mamá. Ellos sabrán ayudarles.

Esta edición se imprimió en Abril de 2001, en *Impresión Arte*. Ote. 182 No. 387 México, D.F. 15530